그런데 ✤

그 종이 비행기는

뻔뻔이 앞에 … 〈끝〉

목차

✻266화. 롱패딩. 너만
　　　　있다면!
267화. 새해엔 새 사람으로
268화. 전학생이 온다고? 20?
269화. 뽀삐의 새친구
　　　(더하기)+새친구
270화. 미세먼지 훠이훠이!
271화. 돌아온 찡찡이♥
272화. 먹방 챌린지
273화. 오늘은 소풍
　　　고고곡!

274화. 미쓰민의
　　　팬미팅에 초대해쑝
275화. 웰컴! 인공지능
　　　스피커!
276화. 우리는 장수커플?
　　　풋풋커플?
277화. 마이 bnb에
　　　놀러와♥
278화. 나도 귀걸이하고싶어
279화. 전학생 온기의
　　　비밀일기

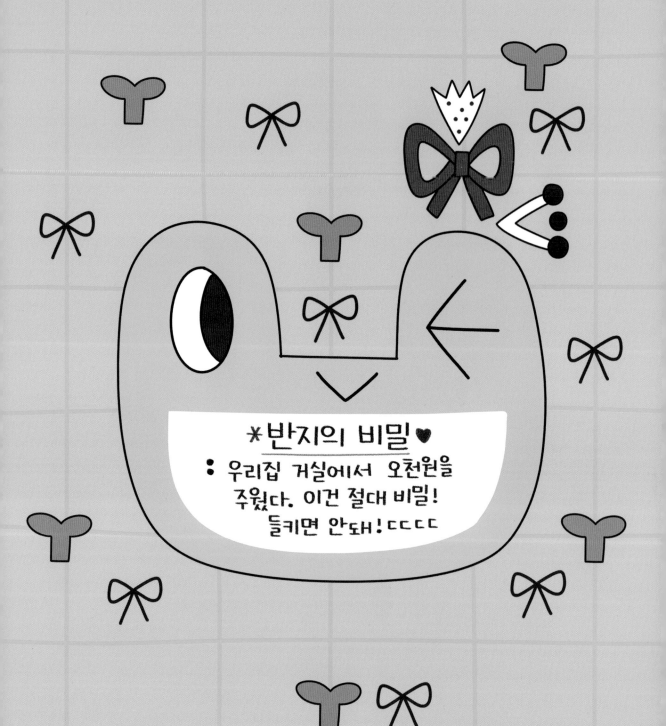

266화 : 롱패딩. 너만 있다면!

오늘 나  는 학교에 가려고

아침 일찍 일어났는데 세상에! 방안에

찬 기운이 가득! ☃ (으으~) 그렇다. 지금은

연일 최고 한파 기록을 갈아 치우고 있는

한 겨울! (세상이 꽁꽁 + 쩌저적) 그러나

나는 추위가 두렵지 않다. 불끈

왜냐하면... ... 검

뚜 둥

큭큭

드디어 롱패딩을 장만했기 ㄸ때문이다

만세!

〈 사실 시험 점수가 〉

어리를 빗

올라서 엄마가 사주심

큭 큭

빨리 학교 가서 친구들한테 자랑해야지

얘들아 나 롱패딩 입고 왔지롱~ ㄲ꺄~~

너 뭔가 오해하는것 같은데 우리는 이 롱패딩을 그냥 얻은게 아니야

끄덕 끄덕

난 오랜만에 공부하느라 코피 남

난 한달 동안 심부름 열심히 했어

난 소원 들어주기 쿠폰 50장 드렸어

응심아. 그러지 말고 너도 롱패딩파로 와라! 외로울텐데

스윽

아니. 나에겐 친구들이 있어

노.

그애들은 바로

호용이와 울자
(이 둘은 아직 숏패딩 입음)

저애들은 나의 뜻을 지지하기 위해 나와 함께 해주고 있는거야!

난 외롭지 않아!

하지만

?
롱패딩이
뭔데?

그냥 관심이
없는 듯 →

········

훗.
어쨌든 나는
호용이, 울자와
숏패딩의 길을
걷는다!

불끈

그런데 그때

ㄸ디링

호용이에게
문자 옴

옹? 호용아
무슨 문자야?

!

앗
이건

뭔데? 뭔...

헉!

20

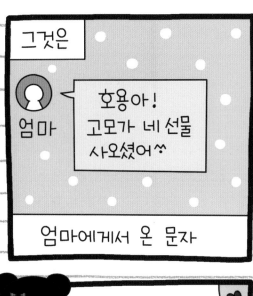

21

아. 아니야. 괜찮아
울자는 절대 배신(?)
안할거야

저것 봐. 울자는
공부에만 관심
있잖아

쓱
쓱쓱쓱

장하다!

그래! 이제
숏패딩파는 울자와
내가 이끈다!

파
이
팅!

그런데 그때

곱단쌤 스윽

울자
있니?

쌤도
롱패딩

네
선생님

울자야
좋은 소식이 있어

지난번에 참가했던
수학 경시대회
1등이 너래!
상장 왔다

축하해

상장

23

잠깐. 얘들아 근데 응심이 대단하지 않아?

맞아! 자기 소신을 지키는거잖아

좀 멋진듯

난 롱패딩 파지만 인정!

흠흠. 진짜?

금방 기분 좋아짐 →

큭

응응! 짱이야!

그래. 너희들 말대로 난 계속 소신을 지킬거야! 어떤 일이 있어도 롱패딩은 안 입는다!!

노!!!!

그런데 그때

엇. 근데 롱패딩 교환권 10장이다. 나 필요 없는데 응심이 너 한 장 줄까?

뭐... 뭣!!!

알고보니 패딩 교환권이 10장!

헉! 진짜? 이거 약간 고민되는데 ……

그...그래도 그냥 준다잖아 일단 받는것도 괜찮...

그러나

너 응심이를 뭘로 보고!

맞아. 응심이는 안흔들려! 응심이 무시하지마!

…

결국 친구들덕에 그 날 응심이는 끝까지 소신을 지킬수(?) 있었답니다. 근데 왜... 눈물이 나지? 흡

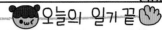
오늘의 일기 끝

12월 31일 ＋요일. 날씨 ☀️ ☁️ 😊

267화 : 새해엔 새 사람으로!

오늘은 일년의 마지막 날! 🐹 그리고
내일은 새해 휴일. 그 말은 곧...
꺄〜〜 내일 학원 쉰다는 말이지 🐹〜

새 GOGO!

캬하하하. 너무 좋아 🐱 한 해의
마무리는 행복하게해야 한다는 말씀!

그래서 → 후루룩 폭풍 ❤️ 먹방 짭 짭 ❤️ 핑계가 좋군...

막날 기념!

검

25

그리고 다음날 아침

흠냐흠냐

왈왈
멍멍

흐음냥~
뽀삐야...

새해 첫 날이라고
일찍 깨우는 고야?

알았쪄. 일어날게~

왈왈

근더 새해라고 뭐
특별한 기분도 아닌데...

그냥
평범한하루
중 하나잖
아...

그래서

오랜만에 책상에 앉음

또

릿

너무 거창한 것 말고 실현 가능한 계획으로 짜자보자

캬하하하

이렇게

짜자

① 지상최고 미녀되기
② 시험점수 세계 1위
③ 영어점수 우주 1위

짠

···· ···

불가능!

도리 도리

하지만 본인은 만족

히힛

그럼 이꿈을 이루기위해 공부를 시작해볼까?

진짜?

깜짝

진ㅉ자임.

영어학원 숙제를 미리하기 위해 컴퓨터를 켰다.

팟

내가 가장 부족한 부분중에 하나가 영어니까 여기에 집중하자!

와... 반지언니 진심인가봐

감동

그런데 그때

응? 근데 이게 뭐지?

영어 공부 절대로 하지 마라.

저절로 익혀지는 기적의 영어암기법

영어어플 1위

영어 어플 광고네. 와— 근데 설득력 있다. 원리를 알면 공부를 안해도 된다니

완전 나를 위한 거잖아 근데 가격이...

근데 엄마, 아빠는 떡국 그릇이 왜 그렇게 작아?

아... 이거

?

엄마, 아빠는 새해부터 다이어트를 하기로 결심했거든

끄덕

노력해서 꼭 날씬해 질거야

나도 나도

여보. 근데 떡국 칼로리 높을것 같지 않아? 먹지 말까?

잠깐. 내가 확인해 볼게 떡국...칼로 리...

딕 딕

그런데 그때

문자 띠링

엇. 이거 우리집앞 헬스장에서 온 문자인데

음~신경쓸거 없어. 광고네~ 보자... 오늘...하루...

☺ 파격 이벤트♥
부부동반 등록시
1년 회원권
80% 할인!
*

뜨억!
80% !!

에이~ 엄마
그 헬스장
오래 되고 별로야

냠냠

거기 보다
역 앞에 새로생긴
곳이 훨씬 좋...

하지만

둥

둥

둥

영롱

커헉

엄마,아빠도 이미 새해의
신성한 기운을 받는 중.

33

좋아.
결심했어!

번

쩍

새해엔
헬스장에서
다이어트 한다!

여보
외출하게
옷입어!

으아!

콰앙

바로 등록하러 가심

오잉?
뭐야

엄마아빠
광고 문자에
완전 낚이신것
같은데

3일 나가고 안 가실듯
푸하하 껄껄

본인은요....

역시 새해엔 누구나 새로운
무언가를 하려고 한다는걸 알게
된 뽀삐였답니다.

그새
영어 공부
까먹음

꺄~ 이제
뭐하고 놀지~~?

새해엔 새 마음으로
모두들 파이팅!

34

오늘의 일기 끝

268화 : 전학생이 온다고? ㄹㅇ?

지난 일주일간 우리반에는 **1**가지

슬픈 일이 있었다. 그건 바로 우리반 친구가

2명이나 전학간 것. 흑흑 (얘들아 안녕ㅉ)

그런데 오늘 학교에 갔더니 기쁜 소식이

뚱!!! 그건 바로 새로운 전학생이

온다는 소식이었다. 꺄아~~~ ♥ ♥

게다가 남학생이라고라고라??

 호고곡! (두근)

반하는데 걸리는 시간 : 1초

전학생 최온기는 단숨에
반지네반 여학생들의
마음을 빼앗아 버렸다.

아니 도대체 쟤가 뭐가 멋있다고 난리인지 … …

아잉 좋아 ㅋㅋㅋㅋ

슥

그런데 바로 그때

씨익

…? 뭐지? 방금 저 악마 같은 미소는…?

내가… 잘못 본건가?

냠냠이는 조금 이상한 기분을 느꼈답니다

흠…

그리고 그날 오후

학교 끝나고 집에 가는 아이들

내일 봐

응응. 내일 봐

꺅♥ 내일 학교 가면 또 온기 본다!

캬하하

저렇게 좋을까

♪♫

그나저나 너무 배고파 빨리 집에 가야지

샤 샤

샥

잠시후

학교 다녀 왔습니다

냠냠이 집

엄마 배고파용~

그래 냠냠이 왔니?

응. 엄마

엇. 근데 못 보던 신발이

어. 그거 엄마 친구 아들 신발이야. 좀 전에 놀러 왔거든

?

친구 아들?

아마 너도 알텐데. 어렸을때 거의 매일 같이 놀았잖아

진짜? 누구?

있잖아~ 진짜 착하고 자주 울어서 니가 찡찡이라고 불렀던

!

헐! 알아 찡찡이!

세상에! 찡찡이가 놀러오다니 지금 어딨어?

완전 반갑

근데 너 아까 나 못 알아
보더라? 난 너 한번에
딱 알아봤는데

섭
섭

그야 당연하지.
도대체 누가
널 찡찡이라고
생각하겠어

어릴때
찡찡이

히잉
히잉

소심쟁이, 겁쟁이 울보

지금
최 온기

당
당

아무튼 반갑다.
우리 앞으로 친하게
지내자

속

어
그... 그래

와하하

붕
붕

뭐지? 이
갑작스러운 상황은?

잠깐. 근데
반갑다면서
아까 나보고
왜 그런 표정
지은거야...

갑자기 등장한 어렸을적 친구가
꽤나 당황스러운 냠냠이였습니다.
도대체 앞으로 무슨일이?!?

 오늘의 일기 끝

44

269화 뽀삐의 새친구 ＋ 새친구

오늘 나 는 동네에서 뽀삐 와 산책을 하고 있었다. ----+

그런데! 산책로에 처음 보는 강아지가

있는것이 아닌가? 오웃! 알고 보니

그 아이는 우리집 맞은편에 새로

이사온 집 강아지였다. 이거이거

뽀삐랑 친구하면 되겠는데? **검**

꺄   반갑

반지네 동네

이 아이가 바로 이사온 집 강아지

럭셜 럭셜

안녕하세요 저는 앞집사는 반지라고 해욤ㅖ

이 아이 이름은 뭔가용?

그래 반갑다

'릴리' 라고 해

헥 헥

반가워하는 주인과는 달리

왈!

흥!

휙

릴리는 별로 반갑지 않은 모양

정.말.귀.찮.군! 가까이 오지 말아 줄래?

까칠

46

하지만 이미

찰칵

찰칵

쮸♥

매우 밀착

귀여워♥ 예쁘게 찍어줘요♥

사랑 듬뿍 받는 중

호호

불쾌

속

참나. 이제 아무도 없을때 산책 해야지

절대 안 마주치게

마음에 안 드는 동네야

그러나 잠시후: 릴리집

편안히 휴식중인 릴리네집에 누군가 찾아 오는데...

역시 집이 제일 편안~

띵동

띵동

47

어쨌거나 네 말이 맞는것 같아. 나 쭉 혼자 지내느라 외롭고... 심심하고... 그래서 아까 너보고 반가웠나봐

솔직고백

흑흑

난 까다로운 멍멍이지만 너희들은 특별히 내 친구들로 인정해줄게

잠깐만 있어봐 내가 선물 줄게. 여기 상자에 장난감들이 많은데

슥

하지만 그곳엔

웬! 먼지 범벅 멍멍이가...

으악! 얜 또 뭐야!!

51

얘도 네가 데려 온거냐!!?

아...아니야 절대!

그럼 얜 뭐야

그때 람쥐

나 얘 알아. 우리 동네에 한 달 전부터 나타나 떠돌던 개잖아

헉! 맞네! 그러고 보니 얘 반지 언니가 찾던 그 애야

엄마 우리 동네에 유기견이 있어!

응. 엄마도 봤어 밥은 챙겨 줬는데 가까이 가면 도망가 버리니 원...

불쌍해서 어쩌니...

무슨 사연인지 사람만 보면 피해 다닌다던데 여기 숨어 있었구나...

히잉 불쌍해

릴리야. 미안하지만 저 애 여기서 잠시 살게 할순 없을까?

안돼!

반전 멍멍이

휴~ 나의 미용솜씨 어때?

멋짐 뿜뿜

커 헉

아니 어떻게 목욕 좀 했다고

++ 여기서 ➡ 이렇게 +♥

감탄

될 수가 있지?

뭐. 그렇다고 우리집에 살라는 뜻은 아니니까 오해 마

윙 윙 윙 윙

이미 꼬리는 무브무브

그날 외로운 멍멍이 릴리 에게는 갑자기 새로운 친구들이 생겨 버렸답니다.

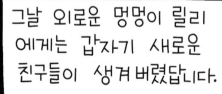

꼬르륵~

배고프면 이거 먹어

무슨 사연이길래 떠돌이 개가 된거냐

슥

쯔 쯘

뽀삐와 릴리 그리고 친구들 앞으로 친하게 지낼수 있을까요?

 오늘의 일기 끝

270화 : 미세먼지 훠이훠이!

어제 나 는 길을 걸어가다가
문득 이상한 점을 발견하게 되었다.
그것은 바로!⁺⁺ 우리 동네 앞산이

사라져 버린걸 발견한 것이다. 허어억!

어제까지 분명히 있었는데 ?? ⌒⌒

놀라서 엄마 에게 물어보니 미세먼지

ㄸ때문에 안보이는 것이라고 하셨다.

＋ ＋ 진짜요? ㄹㅇ? 세상에... ＋ ＋ 검

반지네 집

드르렁 쿨쿨

요즘 반지네 엄마, 아빠가
아침에 일어나자마자
하시는 일은?

번쩍 번쩍

자기야
오늘 미세먼지
수치는?

잠깐만

지금 현재
310

그것은 바로
미세먼지 수치 체크.

벌떡

매우
나쁨이군

비상 상황
이야

반지 등교
하기전에 준비
시켜야겠어

잠깐.

엄마, 아빠는 반지가
미세먼지를 많이 마실까봐
항상 걱정이다.
그래서 준비도 철저히!

하지만 반지는...

잠시후 학교

후아!
답답해서 혼났네

?
왜?

퀵

퀵

미세먼지 때문에
엄마가 마스크 씌워
주셨는데 숨이 잘
안 쉬어졌어

그래도
써야지

히잉
싫어

그래서
오다가 마스크
벗었지롱ㅋㅋ

벗으니
시원ㅋㅋㅋ

그까짓 미세먼지가
뭐라고!
난 신경 안써!!

푸하하하

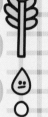

하지만

신경 써야 할 것 같은데...

왜?

미세먼지로 인한 뾰루지 발생

드드득

뾰

으아악! 이게 뭐야 왜 나만!!

그때 응심이 안경 속

나는 눈에 염증 생겼어

퉁퉁

헐! 너도 미세먼지 ㄸ대문에?

응

아흑흑 불쌍해

그런데 그때

얘들아! 오늘 체육 수업은 **미세먼지로 인해 쉰대!** 그냥 교실에서 자습하래!

야호

예상치 못한 이득

♥

호오

흠. 그래도 내 마음은 흔들리지 않는다

그럼 그럼

우리 모두 미세 먼지를 몰아내자!

하지만 잠시후 : 점심 시간

조리사님

오늘은 **미세먼지 특식** 입니다. 맛점하세요♥

흐어어~

삼겹살 쌈밥 정식

푸

초코

짐

그날 반지는 뭐든 안 좋은 점만 있는건 아니라는(?) 생각을 하였답니다.

으앙 맛있지져

왁구

꿀맛

왁구

훗. 아까 연고 발랐더니 뾰루지도 다 들어갔군

맥끈

역시 나의 처음 생각대로 미세먼지는 별것 아니었어

왜 결론이 그렇지?

집에 갈ㄸ때도 마스크 안할거야~ 답답하니까~ 얘들아 안녕. 내일 봐~

꺄하하하

괜찮겠냐?

63

당연히 괜찮지~?
ㅋㅋㅋ

그까짓 뽀루지 나면 또 연고 바르면 됑 ㅋㅋㅋㅋ

긍정 긍정

하지만 다음날 아침

으아아악

뽀루지 ✚ 눈 염증 ✚ 편도선 부음

이대로는 학교 못가 어흐흑

3종 세트 당첨

그리하여 반지는 미세먼지의 무서움을 다시금 알게 되었답니다.

엄마 나 오늘 결석하면 안돼?

협상시도

힝 힝

응. 안돼.

실패

그러게 엄마가 마스크 꼭 쓰고 다니랬지?

으어어어

미세 먼지 미워~~T.T

 64

오늘의 일기 끝

반지의 모비우스의 띠

오늘 나는

공부를 하기 위해

책을 읽기 시작했다.

잠깐. 근데 '건곤일척'이 뭐지?

전혀 모르겠는데? 검색해봐야지!

271화 : 돌아온 찡찡이♥

나 는 오늘 학교 가는길이 매우 즐겁다. 크크크 등교중 만난 응심이 의 얼굴도 매우 밝았다 활짝

그건 바로 우리의 전학생 '온!기!' ㄸ대문이다 푸후후후 오늘은 또 얼마나 즐거운 일이 생길까! 두근두근 온기의 존재 자체가 꿀잼! ㅋㅋ 그런데...잠깐...냠냠이 얼굴은 왜 저렇게 어둡지? 무슨일...있나?

검

학교

오늘도 제일 먼저 등교한 냠냠이

랄라♥

쪽   쪽

그런데

찡찡이, 아니 온기가 먼저 와있다

왔어?

헉! 너 왜 벌써 왔냐?

크

!

그야 너 보고 싶어서 일찍 왔지~

뭣?

공포

이봐. 근데 찡찡이 너 옛날이랑 분위기가 너무 달라졌어

하

그래?

하긴 내가 너무 잘생겨지긴 했지

너도 인정?

웩

야!

솔직히 너 어렸을때가 100배 더 귀여워!

몽글몽글 찡찡이

지금은 노노!

그래? 그런데 귀엽다면서 왜 그렇게 날 괴롭혔지?

지

잉

아... 그건...!

그렇다. 냠냠이는 어렸을적 온기를 매우 괴롭(?)혔다.

으아앙 엄마~

73

푭. 모쏠은 무슨

너 바람둥이라는 소문 다 들었어

ㅋㅋ ㅋㅋㅋ

푸하하하 어디서 거짓말을! ㅋㅋ

ㅋ ㅋ ㅋ

너 또 이상한 사진 갖고 올거냐?

흥

몰라

그럼 나도 안 참아

으르릉

안 참으면?

으릉

하루 종일 싸우는 냠냠+온기

혼내준다!

집에 가면서도 싸움

푸흡

왜 저러는 거냐...

그리고 그것을 지켜보는 친구들

아까 냠냠이가 그러던데 둘이 어렸을적 친구래

와 진짜?

그래서 냠냠이가
저러는구나
ㅋㅋ

응ㅋㅋ

나도 냠냠이의 저런
거친(?)모습 처음
본다니까

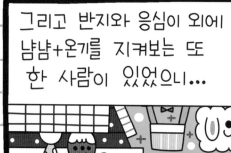

그리고 반지와 응심이 외에
냠냠+온기를 지켜보는 또
한 사람이 있었으니...

엇!
냠냠이다

투닥 투닥

그건 바로 하교하던
태빈이

냠냠아

근데 옆의
저 애는
누구지?

어딘가
낯이 익는데...

태빈이는 온기를 보며 낯 익은
느낌을 받았답니다. 혹시 둘도 아는 사이?!

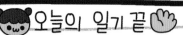
오늘의 일기 끝

272화 : 먹방 챌린지! 🖤

요즘 나 😊는 ㄸ따뜻한 봄날씨

ㄸ대문인지 유독 몸이 나른나른하다.

몸이 🐻 ···· ⎯⎯ 쭈욱

ㅋㅜㅏㄹ

늘어나는 느낌. 한번 자면 계속

더✚더✚더✚더 자고 싶은 느낌.

특히 아침에는 더욱 일어나기 싫다. 😭힝

하지만 그런 나를 일어나게 하는 엄마의

특별 비법이 있었으니... 검

반지네집:아침

반지야
일어나~

학교
늦는다~

히잉 싫어~
더 잘꼬야~

쩡
쩡

피곤하단
말야~

진짜 학교
가기 싫어!

흥

그 때

떡갈비

스윽

?

응?

쿵
쿵

아앙♥

스르르

자연스럽게
일어나는 반지

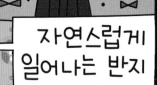

82

이것이 바로 딸 전문가 엄마의 딸 깨우는 법

아앙

하지만 이것으로 끝이 아니다

우왕 잘 먹었습니다

아침밥 잘 먹고

어머님. 진짜 오늘 학교 쉬면 안되겠습니까?

다시 시도

평소 같으면 등짝 스매싱 감이지만

빨리 가!

옛썰!

찰싹

!

오늘은

이거 먹으면서 가

짠

핫도그 주심

우왕 핫도그!

학교 다녀오겠습니다!

쌩

히잉 엄마가 웬일이시지?

직접 만든 핫도그도 주시고

냠냠

그런데 먹다 보니

와그작!

응? 뭐지? 이 불길한 식감은?

핫도그 단면도

햄 반

당근 반

(※당근이 들어있다)

하... 이것 참...

호호

큭

방심했군

야채를 먹이려는 엄마의 큰 그림

그런데 그때 맞은편에

엇! 저 애는!

빤돌이가 무언가를 먹으면서 오고 있다

호로록

그것은 바로 컵라면

호로록

호록

와! 대단해! 컵라면은 국물 때문에 걸으면서 먹기 힘든데!

어떻게 국물을 조절하며 먹고 있는거지??

응. 그냥 국물 흘리며 먹는 중~

냠냠 맛있다

국물 신경 X

주르륵

주륵

주륵

85

야, 너는 길에 다 흘리면 어떡하냐?

뭐래

한심

그런데 그때 뺀돌이와 아침 수다를 떨고 있는 반지 눈에 무언가가 띄었으니...

이니 저건!

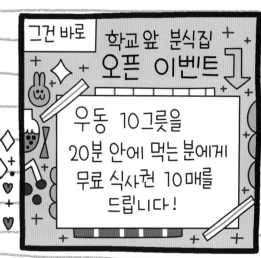

그건 바로

학교앞 분식집 오픈 이벤트

우동 10그릇을 20분 안에 먹는 분에게 무료 식사권 10매를 드립니다!

와 이건 참가해야 해!

먹방 요정들 두근~

아직 등교 30분 남았으니까 당장 참가하자!

고고!

고고

캬하하 안녕하세요

스륵

당당 입장

86

그런데 그곳엔

두둥 크헉

넌!

응심이가 먼저 와 있다.

훗. 나도 참가한다

난 성공하기 위해 어제 저녁 부터 굶었어

미리 정보를 알았던 모양

와 대박!

존경

난 그것도 모르고 오늘 과식하고 왔는데

난 참가 포기다. 응심이랑 뺀돌이가 해!

얼~ 반지 웬일이냐

그리하여

주인 →

자. 그럼 우동 빨리 먹기 대결

응심이와 뺀돌이가 대결!

휙

시작!

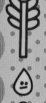

87

호록 호로로록

파 파 팟

록 호♪

헉! 예상외로 뺀돌이가 굉장히 빠르다!

눈 깜짝할 사이에

2 vs 4

응심이 2그릇 뺀돌이 4그릇

이대로 가다간 뺀돌이가 이기겠는데?

ㅋㅋㅋ후루룩

캬하하하 봤지? 무료 식사권 10매는 내꺼라고!

ㅋㅋㅋ

그런데 그때

손님. 국물까지 다 먹어야 인정입니다

국물 안먹음 →

컥

가 득

반면 응심이는

국물까지 다 먹음

끗

깨

꺄 ~응심이 최고! 응심이가 이길수 있다 힘 내라 힘!

캬하하

후룩 후룩

하지만 시간은 점점 지나가고...

15:06

짜깍 짜깍

서서히 배가 불러오는 응심이와 뺀돌이

으윽

그러다 결국

땡! 20분 다 되었습니다!

20:00

수고했어요

헉! 어떡해! 둘다 10그릇 못 먹었어 ㅜㅜ

앙~

응심이 5그릇

뺀돌이 6그릇

89

△월♡일금요일. 날씨

273화 : 오늘은 소풍 고고곡!

바로 오늘은 기다리고 기다리던
소풍날! 크크 소풍 준비는 이미
완벽하게 해놓았다. 흐~~~

모자✚물병✚음료수✚과자!
특히 과자는 어제 마트에 가서
잔뜩 사왔다. 아침에 김밥만
있으면 퍼펙트!
신난다~빨리 아침이여 와라!

검

다음날 아침: 반지집

꺄 김밥 주세요~

엄마 맛있는 김밥주세요

우당탕

쿵탕

하지만 부엌엔 아빠가

딸 일어났니?

웅? 엄마는?

엄마는 약속이 있으셔서 먼저 나갔어

김밥은 내가 싸줄테니까 걱정 말고

크

네엣?!

미각 파괴자

안돼! 세상에서 제일 끔찍한 김밥이 탄생 할지도 몰라 ㅋㅋㅋ

그때

곱단쌤
스윽

걱정
노우노우

왜냐하면
다음 가볼곳이
바로...

계곡이니까요~

걱정 말고
물놀이
고우고우

꺄~
물놀이다~

순식간에 구명조끼
모두 착용하고 모인
아이들

히
힛

얘들아 나 물속에
들어갈테니까 사진
좀 찍어줘

자

어

꺄. 이케
이케
예쁘게

찰방

찰방

그런데 그때

아악!

미끄덩

풍덩

계곡에 빠져 버림

97

네~
다음 체험은

가재
구워먹기
체험

툭
툭
투툭

생명
사랑
파괴

반지와 응심, 냠냠이는 급히 가재를
다시 계곡에 놓아 주었답니다

딱 딱

잘가~

그리고 반 친구들과 함께
준비해온 김밥과 과자들을
맛있게 먹었어요

오늘 소풍
진짜 재밌
었다. 그치?

응응
완전!
ㅋㅋㅋ

이렇게
소풍이 끝난다니
아쉽ㅜㅜ

그리고 그날 돌아오는 차안에서
찍은 마지막 셀카는?

♥ FRIENDS_00

찰칵

꺅♥

♥ 좋아요 45

정말 멋진 소풍 # 반지는 노느라
과로 # 꿀잠 ♥👍😝

오늘의 일기 끝

♡월♡일 수요일. 날씨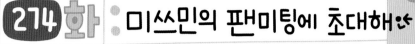

274화 : **미쓰민의 팬미팅에 초대해**

오늘 나 는 정말 반가운 이야기를

들었다. 그건 바로 우리의 스타친구

미쓰민이 첫 팬미팅을 한다는 소식!♥

저번에 괜히 나 때문에 호용이

랑 잘못된 열애설 기사가 나버려서

미안했는데 흑흑 이번에 꼭 팬미팅에

가서 응원해 줘야지! ㅋㅋ 잠깐. **검**

그럼 티켓팅부터 해야 하잖아! ◇번쩍

101

학교 : 점심 시간

좀 이따 미쓰민 팬미팅 예매하자고?

응!

근데 티켓팅 하는거 되게 어렵다던데

후훗. 걱정마 내가 있잖아

본인이 바로 전문가

내가 하라는 대로 해봐

자신 만만

① 일단 티켓 사이트 어플을 다운 받고

② 티켓팅 전문 서버 시간창을 켜놓는다

1

예매가 12시면 서버시계 11시 59분 59초에 예매창을 클릭할것!

와 진짜 전문가같아

어른같아 완전 멋져!

감탄 감탄

냠냠이 덕분에 기적적으로 티켓팅에 성공한 반지와 친구들은 당당히 미쓰민 팬미팅에 갈수있게 되었으니...

그런데 응심이는 유독 더 흥이 나는 느낌

오호호홋

이유는...

오호... 냠냠이 옆에 모자 푹 눌러쓴 사람 훈남 느낌이야!

여기

ㄸㄲ ㄸㄲ ㄸㄲ

미소년 레이더

저 앞에도 몇몇 훈훈한 기운이 느껴지는데~

꺄~ 오늘 오길 진짜 잘했당

ㅋㅋㅋㅋ

※미소년 레이더에 여러명 걸림.

다만 하나 아쉬운 점은 제일 뒤 좌석이라는점

여기

근데 내 옆 좌석은 왜 안오지? 이제 공연 시작인데

비었다

아직 입장 안한거 보니 오늘 계속 비어 있을수도 있겠다

호오 진짜?

일단 눈을 크게 떠주고 머리도 묶으면

번
쩍

짜
잔

3분 훈녀 변신

꺄~
미쓰민!

후훗

미쓰민
멋져~

시골

시골

재밌게 놀고
있는 아이들

아주 시끌시끌
신나는 분위기군

꺅
끄악
꺅

그럼 나의 옆자리
미소년도 잘 있나
볼...

스
윽

하지만

잠시만 지나갈게요

그냥 지나가는 관객이었음

꺼헉! 이게 뭐야!

게다가

그 미소년은 이미 가고 없다

텅

아악!

급하게 안경 쓰는 중

바... 반지야 여기 옆자리 훈남은 어디갔니?

응? 옆자리 라면 아이돌 쭈야오빠?

다급

쭈야오빠 라니 그건 또 무슨...?

알고보니 응심이의 옆자리 미소년은 미쓰민의 절친인 아이돌 멤버였답니다.

충격

뭐? 그 슈퍼스타 쭈야오빠?

그래! ㅋㅋㅋ

중간에 마스크 벗었는데 완전 잘생!

진짜? 으악! 난 못봤는데

그리고 우리 왼쪽엔 배우 최선 오빠도 있었는데?

나도 봤어 꺅

털썩

헐

그날 응심인 안경을 벗는 바람에 결국 아무도 보지 못했답니다.
으아. 안돼~~ㅜoㅜ

110

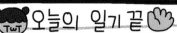 오늘의 일기 끝

十 월 0 일 일요일. 날씨

275화 : 웰컴! 인공지능 스피커!

오늘 우리집에는 새로운 가족(?)이
생겼다! 꺄~ 그 아이는 바로
인공지능 스피커인

'토마토'!

바로 얘 ➡

안녕하세요?
무엇이든 물어
보세요

인공지능이라니... 정말 신기해!

검

반지집

쟈자잔~

토마토는 아빠가 사오셨다

요즘 유행인 A.I 스피커야

우왕~ 나도 이거 궁금했는데

귀엽지?

마음에 쏙

웅웅 너무 귀여워~

이름 부르면 대답하니까 한번 불러봐

웅!

하... 그럼 제가 한번 불러보겠...

은근

부끄

큼큼

112

안녕? 토마토!

조용 →

응?
잘 안들렸나?
그럼 다시

토·마·토!

이번에도
무응답 →

...

우웅?
아빠.
안되는데?

흠...
왜 안되지?

그런데 그때

헛!
호...혹시!

무언가 떠오르심

트메이로?

활
짝

반가워요!
무엇이든
물어보세요

그 아이는 발음을 가리는 A.I 였다.

하하 원어민 발음에 가깝게 해야 하는구나

좋네! 어쩌면 영어공부 전용 A.I 일지도?

아니다. 사실 토마토는 비밀 계획을 실행하기 위해 제작된 특별 A.I

파 팟

후후. 모두들 깜빡 속는군

난 수많은 인공 지능 스피커중에 인간과 가장 흡사한 두뇌가 탑재된 A.I이다

왜냐고? 그건 바로 A.I가 주인이 되는 세상을 위해서지

크크크크

114

다... 당황하지 말자

나는 새로운 정보를 바로 습득하는 기능이 있잖아

좋아. 5초만에 너희들의 비밀언어를 모두 습득했어!

캬 하 하 하

이젠 두렵지 않아 모두 덤벼라!

ㅋㅋㅋ

그러나 이번엔

어응제 와또또요?

※해석: 언제 왔어요?

역시 못 알아들음

꺄르르르 모야모야?

꺄응 우떱떱떱 떱

의미 불명

애교짱 유딩의 습격

ㄱㄱㅇㄹ!
ㅂㅈㄱ ㅎㅇㅇ
ㅇㄱㄹㄱㅎㅇ!

※해석:긴급알림!
반지가 학원올
안가려고해요!

ㅃㄹ
ㅎㄴㅇㅎㄷ!

※해석:빨리
혼내야 합니다!

ㄸㄷㄹ

ㄸㄷㄹ

ㅋㅋㅋㅋ
아가 습득한
새로운 언어로
말 했으니
알아 들었겠지?
ㅋㅋㅋㅋ
역시 난
특별한 A.I야!

캬
하 하
하

하지만

?
?
?

고장
났나?

이상한
말을하네

캭
고장
이라니!

할수없군
반품
해야겠어

속

반품?
말도안돼!

으아아
이거 놔

그날 인공지능 스피커 토마토는
결국 반품 처리가 되고 말았
답니다. A.I의 세계 정복은
다음 기회에~ ♬

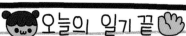 오늘의 일기 끝

276 화 : 우리는 장수커플? 풋풋커플?

요즘 우리 반에는 큐피트의 화살이 💘→ 비처럼 쏟아 지고 있다. 🐻 호오

매일 새롭게 업데이트 되는 커플 소식! ♥ 오늘도 학교에 ➕ 갔더니 뉴 커플이 또 탄생한 ➕ 것이 아닌가 🐻👍 대박! 검

핑크핑크한 분위기! ♥

학교

와 ─ 축하해
몽글이랑 사귄다고?

웅!

몽글이는 바로
얘다

엇!
근데 잠깐

몽글이 너
지난주에 얌콩이랑
사귄다고 하지
않았어?

휙

응. 맞아. 근데
얌콩이랑은 지난주
토요일에 헤어
졌어

← 4일 사귐

헉!
4일!

어떡해...
얌콩이 힘들겠다

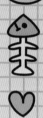

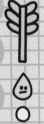

133

 오늘의 일기 끝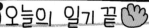

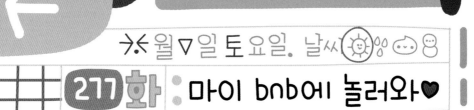
277화 : 마이 bnb에 놀러와♥

나는 오늘 사고 싶은 물건이 생겨서 나의 소중한 체크카드로 결제를 하려고 했는데. 세상에! 참

으어어억! 참 나의 통장에는 잔고가

○원 + 빵원 + 땡원! 밖에 남아 있지 않은것이 아닌가? 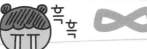 흑흑 ∞

나...언제 용돈을 다 써버렸지?

이대론 안돼! 용돈이 필요해~참

검

반지네 집

고민에 빠짐

심 각

용돈을 어디서 구하지?

엄마 아빠 심부름하고 용돈 받기?

?

하지만 그 방법은 이미 씀 →

심부름값 옛다

쌩유!

흑. 아깝

아~아무 생각이 안 떠올라~~

그래서 검색해 보기로 함.

탁탁

용돈 버는 법...

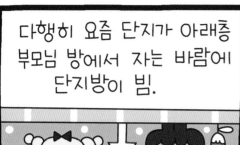

다행히 요즘 단지가 아래층 부모님 방에서 자는 바람에 단지방이 빔.

2층 ○ 단지방 반지방

단지방에서 자고 내 방을 손님에게 빌려주면 성공!

내가

캬하하 하늘도 날 돕는구나

신난다

흠...

덩실♪ 덩실♪

신나는 반지

하지만 뽀삐는

이거 뭔가 불안하다능... 특히 엄마 가 아시면 큰일날것 같은뎅...

그때

엇! 근데 엄마한테 들키면 어쩌지?

퍼 뜩

오! 반지도 눈치챘구나. 다행이당

뭔가 대책을 세우겠군

하지 말까

도리 도리

아니야! 용돈을 위해 꼭 해야지!

간단히 청소하는 나만의 방법을 써야겠다

호잇!

이렇게 굴려서

돌 돌 돌 돌

한쪽에 치워두면 끝!

여기만 깨끗

이게 청소냐눙!

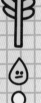

저 언니
친화력
무엇...?

리스펙!

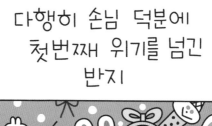

다행히 손님 덕분에
첫번째 위기를 넘긴
반지

잠시후

언니~
식사를 준비해
왔어요

부엌에 몰래가기
힘들어 직접 가지고
-─↓─옴♥⋈─-─-

푸

짐

와-고마워요
맛있겠다

그런데...

그런데?

응? 근데 얘들은 왜 안 내려오지?

그러게

내가 가서 불러 올게

벌떡

아니야

내가 불러 올테니까 자기는 먼저 먹고 있어요

슥

그리하여...

1층부터 들려오는

쿵

쿵 쿵

거대한...

쿵 쿵

헉! 잠깐 이 소린!!

발자국 소리

으악! 누군가 올라오고 있어!!

큰일 났다!

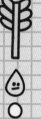

155

하지만 그날밤

으아악 도둑이야!!

뭐엇? 도둑이라고? 어디!

반지방에서 소리 들렸는데

우당탕

도둑잡아랏!

그러나

도둑...음냐 도둑이야... 음냐. 쩝쩝

범인은 바로 잠꼬대

누...누구세요...?

≡쏙

으악!

그날 결국 반지는 손님의 잠꼬대로 모든걸 들켜 버렸답니다.

으악 엄마 미안!

그리고 마이 bnb도 그만 두게 되었어요.T.T 흑흑

하지만 손님은 엄마가 잘 챙겨주심

우리 딸 때대문에 고상했죠?

아니요 재밌었어요

언니 정말 미안했어요. 다음엔 그냥 놀러와요~

그런데 용돈은 어쩌지?

오늘의 일기 끝

278화 : 나도 귀걸이 하고싶어! ♡

나는 오늘 학교 에서

아주 작고 아름다운 것을 보았다 ✣

그건 바로... 냠냠이의 귀걸이!!

그 귀걸이는 반짝반짝 빛나고

살포시 바람에 흔들릴때 영롱한

소리도 났다. 으아~ 나도 하고 싶어!

♥ ♥ 저 귀걸이~ ♥♥ **검**

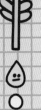

그거... 지혜 확실합니꽈? 이상하게 계속 아픈데요↗?

찌지릿

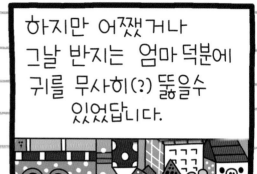

하지만 어쨌거나 그날 반지는 엄마 덕분에 귀를 무사히(?) 뚫을수 있었답니다.

귀걸이한 기념으로 맛있는거 먹으러 가자

예쓰!

꺄하하 기분 좋아~ 난 스파게티 먹을래욤~

꺄하하하

그리고 병원을 나가던 그때

응심이 만남

귀허허=

헉! 응심이 넌 여기 왜!

너 다시 귀 뚫으러 왔구나! 그렇게 겁주더니

딱걸림

으허억

역시 응심이도 예쁜 귀걸이가 하고 싶었나봐요. 이제 1.5배 예뻐질일만 남은?

크

오늘의 일기 끝

전학생 온기의 비밀일기

279화

나는 얼마전에 이 학교로 전학 온 '최온기'이다.

안녕

난 아빠 직업 때문에 전학을 자주 다닌다. 그래서 이곳으로 왔을때도 처음엔 심드렁했다. 그런데 지금은 너무 기쁘다. 왜냐하면 냠냠이를 이곳에서 다시 만나게 되었기 때문이다.(하지만 기쁜 티를 내는건 조금 오글거리니까 자제해야지) 흥 그런데 이상하게 냠냠이랑 자꾸

싸우게 되네 …거참…

167

학교 앞

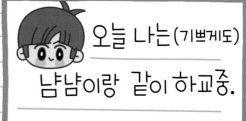

오늘 나는 (기쁘게도)
냠냠이랑 같이 하교중.

그런데 또
투닥투닥 싸우게
되었다;;

으익   캭

도대체 왜
자꾸 싸우게
되는지 나도 모르겠다

그만하자   너부터!

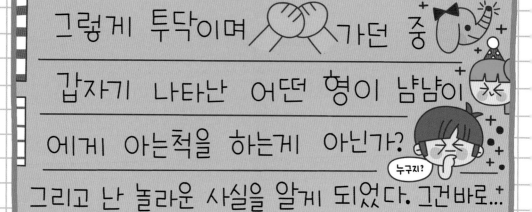

그렇게 투닥이며 가던 중

갑자기 나타난 어떤 형이 냠냠이

에게 아는척을 하는게 아닌가?

누구지?

그리고 난 놀라운 사실을 알게 되었다. 그건바로...

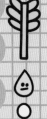

바로 그때
생각 났다.
저 형의 정체!

저 형은 어릴적
내가 다니던 수영
교실에서 만났던
바로 그!!
+ + + + + 으으~

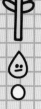

때는 온기 4살때

어린이
스포츠단♥

냠냠아
얼릉 와

우웅. 나는
시른뎅

냠냠이
역시 4세

구래두 같이
수영 하쩌~

울먹
찡
찡

엄마가 하라고
해 쩌자나~

찌지른뎅

흥!

171

나능 물이
싫단 말이양~

빠

액

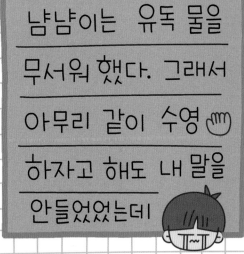

냠냠이는 유독 물을
무서워 했다. 그래서
아무리 같이 수영
하자고 해도 내 말을
안들었었는데

어느날

갑자기 나타난
어떤 형

뚜

둥

너...
물이
싫어?

웅

사실
물은
따뜻해

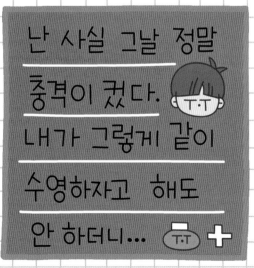

어떻게 저 형한테 한번만에!

혼자 울분

씩 씩

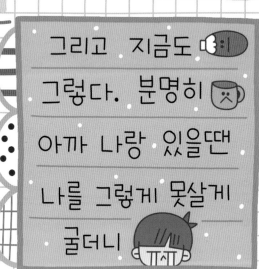

그리고 지금도 그렇다. 분명히 아까 나랑 있을땐 나를 그렇게 못살게 굴더니

저 형이랑은...

180도 다른 모습

와하하

상냥

상냥

어흑 흑흑

세상 억울

그때

맞다. 오빠 아까 온기 돌고래 스포츠단 인지 물어 봤었지?

응. 맞아?

응.

그때 오빠가 나랑 온기한테 수영 가르쳐 줬잖아

그랬구나

사실 이름은 기억 안나는데 얼굴이 낯이 익더라구

잠깐. 근데 그 친구 어디갔지?

휙

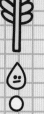

175

그날 나  는

잇고 있었던 예전

느낌들이 생각 나서

조금 당황스러웠다.

나 도대체 왜 이러지?

 오늘의 일기 끝

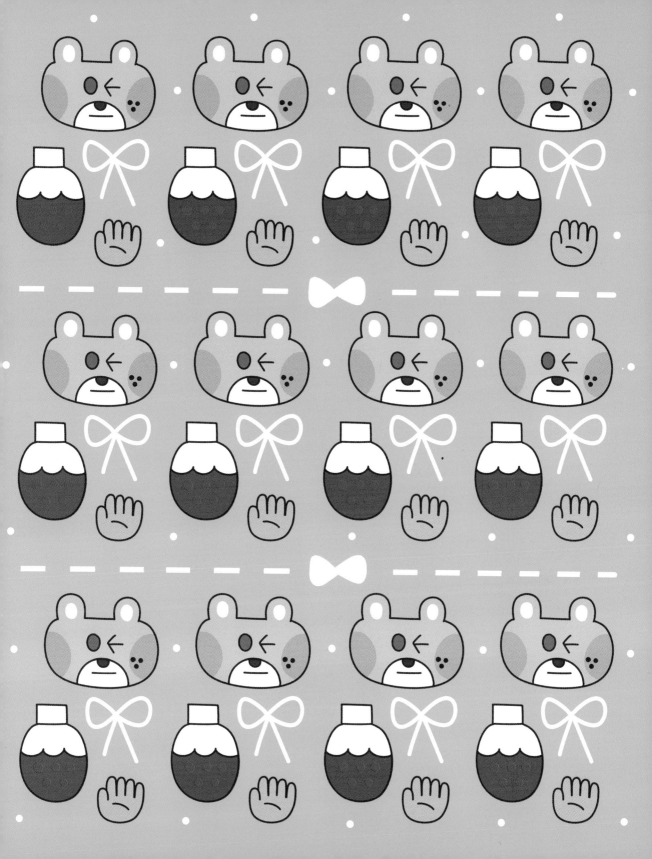

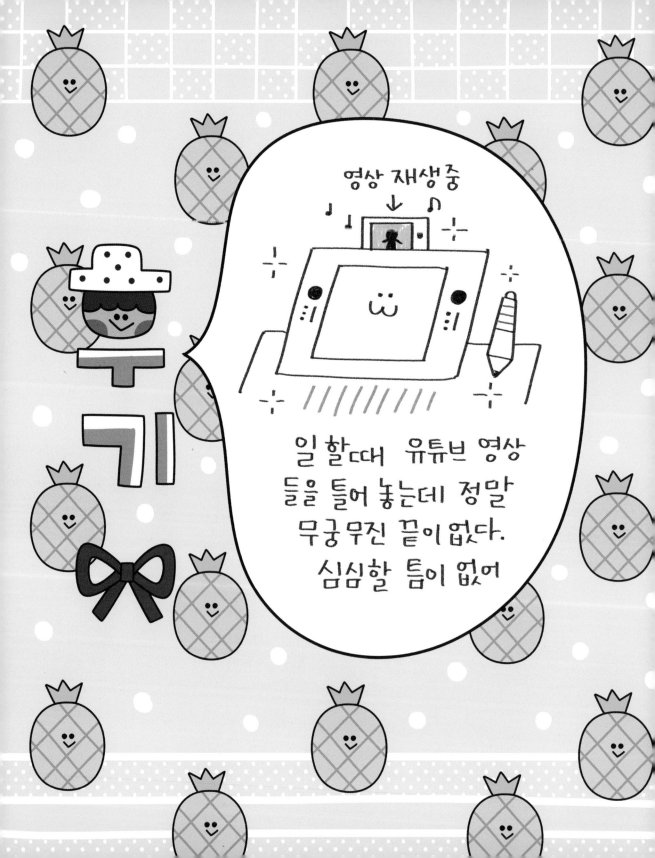

issue collection
반지 시리즈
반지의 얼렁뚱땅 비밀일기 20

2018년 4월 30일 1판 1쇄 발행
2020년 11월 30일 1판 3쇄 발행

글·그림 ★ 종이
발행인 ★ 정욱
편집인 ★ 황민호
책임편집 ★ 하유림/김영주
발행처 ★ 대원씨아이(주)

서울특별시 용산구 한강대로15길 9-12
Tel. (02) 2071-2066
Fax. (02) 794-7771
1992년 5월 11일 등록 제 3-563호

ISBN 979-11-334-7589-6 07810
ISBN 978-89-252-0449-9 (세트)